어두워진다는 것

어두워진다는 것

나희덕 시집

창비

차 례

제1부

그 복숭아나무 곁으로

너무도 여러겹의 마음을 가진
그 복숭아나무 곁으로
나는 왠지 가까이 가고 싶지 않았습니다
흰꽃과 분홍꽃을 나란히 피우고 서 있는 그 나무는 아마
사람이 앉지 못할 그늘을 가졌을 거라고
멀리로 멀리로만 지나쳤을 뿐입니다
흰꽃과 분홍꽃 사이에 수천의 빛깔이 있다는 것을
나는 그 나무를 보고 멀리서 알았습니다
눈부셔 눈부셔 알았습니다
피우고 싶은 꽃빛이 너무 많은 그 나무는
그래서 외로웠을 것이지만 외로운 줄도 몰랐을 것입니다
그 여러겹의 마음을 읽는 데 참 오래 걸렸습니다

흩어진 꽃잎들 어디 먼 데 닿았을 무렵
조금은 심심한 얼굴을 하고 있는 그 복숭아나무 그늘
에서
가만히 들었습니다 저녁이 오는 소리를

上弦

차오르는 몸이 무거웠던지
새벽녘 능선 위에 걸터앉아 쉬고 있다

神도 이렇게 들키는 때가 있으니!

때로 그녀도 발에 흙을 묻힌다는 것을
외딴 산모퉁이를 돌며 나는 훔쳐보았던 것인데
어느새 눈치를 챘는지
조금 붉어진 얼굴로 구름 사이 사라졌다가
다시 저만치 가고 있다

그녀가 앉았던 궁둥이 흔적이
저 능선 위에는 아직 남아 있을 것이어서
능선 근처 나무들은 환한 상처를 지녔을 것이다
뜨거운 숯불에 입술을 씻었던 이사야처럼

석류

석류 몇알을 두고도 열 엄두를 못 내었다

뒤늦게 석류를 쪼갠다
도무지 열리지 않는 門처럼
앙다문 이빨로 꽉 찬,
핏빛 울음이 터지기 직전의
네 마음과도 같은
석류를

그 굳은 껍질을 벗기며
나는 보이지 않는 너를 향해 중얼거린다

입을 열어봐
내 입속의 말을 줄게
새의 혀처럼 보이지 않는 말을
그러니 입을 열어봐
조금은 쓰기도 하고 붉기도 한 너의 울음이
내 혀를 적시도록

뒤늦게, 그러나 너무 늦지는 않게

저 숲에 누가 있다

밤구름이 잘 익은 달을 낳고
달이 다시 구름 속으로 숨어버린 후
숲에서는…… 툭…… 탁…… 타닥……
상수리나무가 이따금 무슨 생각이라도 난 듯
제 열매를 던지고 있다
열매가 저절로 터지기 위해
나무는 얼마나 입술을 둥글게 오므렸을까
검은 숲에서 이따금 들려오는 말소리,
나는 그제야 알게도 된다
열매는 번식을 위해서만이 아니라
나무가 말을 하고 싶은 때를 위해 지어졌다는 것을
……타다닥…… 따악…… 톡…… 타르르……
무언가 짧게 타는 소리 같기도 하고
웃음소리 같기도 하고 박수소리 같기도 한
그 소리들은 무슨 냄새처럼 나를 숲으로 불러들인다
그러나 어둠으로 꽉 찬 가을숲에서
밤새 제 열매를 던지고 있는 그의 얼굴을
끝내 보지 않아도 좋으리

그가 던진 둥근 말 몇개가
 걸어가던 내 복숭아뼈쯤에…… 탁…… 굴러와 박혔
으니

허락된 과식

이렇게 먹음직스러운 햇빛이 가득한 건
근래 보기 드문 일

오랜 허기를 채우려고
맨발 몇이
봄날 오후 산자락에 누워 있다

먹어도 먹어도 배부르지 않은
햇빛을
연초록 잎들이 그렇게 하듯이
핥아먹고 빨아먹고 꼭꼭 씹어도 먹고
허천난 듯 먹고 마셔댔지만

그래도 남아도는 열두 광주리의 햇빛!

한그루 의자

태어나서 한번도 두 발로 걸어보지 못했다
다리가 넷이라는 것이 불행의 이유가 될 수도 있었지만
아무렇지도 않은 듯이 그는 앉아 있다
그가 누구를 앉힐 수 있는 것은
가만히 앉아 있는 일을 누구보다 잘하기 때문,
그는 앉은 채 눕고 앉은 채 걷는다
혹은 앉은 채 훨훨 날고 있을 때도 있다
그를 오래 보고 있으면
조금씩 피가 식고 눈은 밝아져
그가 입을 열 때까지 하냥 기다릴 수도 있다
스물여섯 도막의 통나무가 한그루 의자가 될 때까지
얼마나 많은 못에 찔려야 했는지,
그 굳어가는 팔다리 속에 잉잉거리는 게 무엇인지,
그러나 말해주지 않아도 나는 알 것만 같다
며칠 전부터 상처를 들락거리며
날벌레가 슬어놓고 간 알들을 깨우려고
햇빛은 자꾸만 그의 등뒤로 와서 내리쬐는 것이었다
한그루 나무에게 그렇게 하듯이

기러기떼

羊이 큰 것을 美라 하지만
저는 새가 너무 많은 것을 슬픔이라 부르겠습니다

철원 들판을 건너는 기러기떼는
끝도 없이 밀려오는 잔물결 같고
그 물결 거슬러 떠가는 나룻배들 같습니다
바위 끝에 하염없이 앉아 있으면
삐걱삐걱, 낡은 노를 젓는 날개소리 들립니다
어찌 들어보면 퍼걱퍼걱, 무언가
헛것을 퍼내는 삽질소리 같기도 합니다
그러나 아무리 퍼내도
내 몸 속의 찬 강물 줄어들지 않습니다
흘려 보내도 흘려 보내도 다시 밀려오는
저 아스라한 새들은
작은 밥상에 놓인 너무 많은 젓가락들 같고
삐걱삐걱 노 젓는 날개소리는
한 접시 위에서 젓가락들이 맞부비는 소리 같습니다
그 서러운 젓가락들이

한쪽 모서리가 부서진 밥상을 끌고
오늘 저녁 어느 하늘을 지나고 있는지

새가 너무 많은 것을 슬픔이라 부르고 나니
새들은 자꾸 날아와 저문 하늘을 가득 채워버렸습니다
이제 노 젓는 소리 들리지 않습니다

소리들

승부역에 가면
하늘도 세 평 꽃밭도 세 평

이 봉우리에서 저 봉우리로
구름 옮겨가는 소리
지붕이 지붕에게 중얼거리는 소리
그 소리에 뒤척이는 길 위로
모녀가 손 잡고 마을을 내려오는 소리
발 밑의 흙이 자글거리는 소리
계곡물이 얼음장 건드리며 가는 소리
나를 물끄러미 바라보던 송아지
다시 고개 돌리고 여물 되새기는 소리
마른 꽃대들 싸르락거리는 소리

소리들만 이야기하고
아무도 말하지 않는 겨울 승부역
소리들로 하염없이 붐비는

고요도 세 평

어두워진다는 것

5시 44분의 방이
5시 45분의 방에게
누워 있는 나를 넘겨주는 것
슬픈 집 한채를 들여다보듯
몸을 비추던 햇살이
불현듯 그 온기를 거두어가는 것
멀리서 은수원사시나무 한그루가 쓰러지고
나무 껍질이 시들기 시작하는 것
시든 손등이 더는 보이지 않게 되는 것
5시 45분에서 기억은 멈추어 있고
어둠은 더 깊어지지 않고
아무도 쓰러진 나무를 거두어가지 않는 것

그토록 오래 서 있었던 뼈와 살
비로소 아프기 시작하고
가만, 가만, 가만히
금이 간 갈비뼈를 혼자 쓰다듬는 저녁

몰약처럼 비는 내리고

뿌리뽑힌 줄도 모르고 나는
몇줌 흙을 아직 움켜쥐고 있었구나
자꾸만 목이 말라와
화사한 꽃까지 한무더기 피웠구나
그것이 스스로를 위한 弔花인 줄도 모르고

오늘밤 무슨 몰약처럼 밤비가 내려
시들어가는 몸을 씻어내리니
달게 와닿는 빗방울마다
너무 많은 소리들이 숨쉬고 있다

내 눈에서 흘러내린 붉은 진물이
낮은 흙 속에 스며들었으니
한 삼일은 눈을 뜨고 있을 수 있겠다

저기 웅크린 채 비를 맞는 까치는
무거워지는 날개만큼 말이 없는데
그가 다시 가벼워진 깃을 털고 날아갈 무렵이면

나도 꾸벅거리며 밤길을 걸어갈 수 있겠다

고맙다, 비야. …… 고맙다. …… 고맙다. ……

흰 광목빛

먼 길 가는 모양이다
동네 어귀 느티나무 그늘 아래
어떤 부부가 버스를 기다리며 서 있다
조금은 떨어져 선 두 사람은
목도리가 같아서인지 한눈에 부부 같다
지아비가 한 손을 올린 채 앞으로 나와 있고
지어미는 조금 뒤에서 웃고 있다
시골버스의 유일한 승객인 나는
그 부부를 발견하고 내심 반가웠지만
운전기사는 조금의 망설임도 없이 지나치는 게 아닌가
두 사람이 늘 거기 서 있으면서도
한번도 버스를 탄 적이 없다는 듯이
아아, 버스로는 이를 수 없는 먼 길 가는 모양이다
그 부부는 이미 오랜 길을 걸어 저기 당도했을 것이고
잠시 나무 그늘에서 쉬고 있는지 모르겠다
그런데 정갈하게 풀을 먹인 광목 목도리는
누가 둘러주고 간 것일까
목도리에 땀을 닦고 있을 그들을 뒤돌아보니

미륵 한쌍이 석양 속으로 사라진다
두 개의 점, 흰 광목빛

小滿

이만하면 세상을 채울 만하다 싶은
꼭 그런 때가 초록에게는 있다

조금 빈 것도 같게
조금 넘을 것도 같게

초록이 찰랑찰랑 차오르고 나면
내 마음의 그늘도
꼭 이만하게는 드리워지는 때
초록의 물비늘이 마지막으로 빛나는 때

小滿 지나
넘치는 것은 어둠뿐이라는 듯
이제 무성해지는 일밖에 남지 않았다는 듯
나무는 그늘로만 이야기하고
그 어둔 말 아래 맥문동이 보랏빛 꽃을 피우고

小滿 지나면 들리는 소리

초록이 물비린내 풍기며 중얼거리는 소리
누가 내 발등을 덮어다오
이 부끄러운 발등을 좀 덮어다오

흙 속의 풍경

미안합니다
무릉계에 가고 말았습니다
무릉 속의 폐허를,
사라진 이파리들을 보고 말았습니다
아주 오래 전 일이지요
흙을 마악 뚫고 나온 눈동자가 나를 본 것은
겨울을 건너온 그 창끝에
나는 통증도 없이 눈멀었지요
그러나 미안합니다
봄에 갔던 길을 가을에 다시 가고 말았습니다
길의 그림자가, 그때는 잘 보이지 않던
흙 속의 풍경이 보였습니다
무디어진 시간 속에 깊이 처박힌 잎들은 말합니다
나를 밟고 가라, 밟고 가라고
내 눈은 깨어나 무거워진 잎들을 밟고 갑니다
더이상 나부끼지 않으므로
더이상 무겁지 않은 生, 차라리
다시 눈멀었더라면 하고 생각하지는 않았습니다

신비한 현호색은 진 지 오래고
그 塊莖 속에 숨기고 있는 毒까지 다 보였습니다
그걸 캐다가 옮겨 심지는 않을 겁니다
미안합니다
무릉계에 가더라도 편지하지 마십시오
그 빛나던 이파리들은 이미 제 것이 아닙니다

이따금 봄이 찾아와

내 말이 네게로 흐르지 못한 지 오래 되었다

말은
입에서 나오는 순간 공중에서 얼어붙는다
허공에 닿자 굳어버리는 거미줄처럼

침묵의 소문만이 무성할 뿐
말의 얼음조각들이 여기저기 흩어져 있다

이따금 봄이 찾아와
새로 햇빛을 받은 말들이
따뜻한 물 속에 녹기 시작한 말들이
들려오기 시작한다, 아지랑이처럼
물 오른 말이 다른 말을 부르고 있다

부디,
이 소란스러움을 용서하시라

제2부

일곱 살 때의 독서

제 빛남의 무게만으로
하늘의 구멍을 막고 있던 별들, 그날 밤
하늘의 누수는 시작되었다 하늘은 얼마나
무너지기 쉬운 것이었던가 별똥별이
떨어질 때마다 하늘은 울컥울컥 쏟아져
우리의 잠자리를 적시고 바다로 흘러들었다
그 깊은 우물 속에서 전갈의 붉은 심장이
깜박깜박 울던 초여름밤 우리는 무서운 줄도
모르고 바닷가 어느 집터에서, 지붕도 바닥도 없이
블록 몇장이 바람을 막아주던 차가운 모래
위에서 킬킬거리며, 담요를 밀고 당기다 잠이 들었다
모래와 하늘, 그토록 확실한 바다와 천장이
우리의 잠을 에워싸다니, 나는 하늘이 달아날까봐
몇번이나 선잠이 깨어 그 거대한 책을 읽고
또 읽었다 그날 밤 파도와 함께 밤하늘을
다 읽어버렸다 그러나 아무도 모를 것이다 내가
하늘의 한 페이지를 훔쳤다는 걸,
그 한 페이지를 어느 책갈피에 끼워넣었는지를

방석 위의 生

이 방석을 어느 방석 옆에 내려놓을 것인가
늘 그게 문제인 사람들과
한상에 둘러 앉아 먹고 마시는 동안

방석이 방석을 밀고, 방석이 방석을 끌어당기고,
방석이 방석에게 웃고, 방석이 방석에게 소리지르고,
방석이 방석을 밟고, 방석이 방석과 헤어지고,
다시 방석이 방석을 낳고, 방석이 방석을 낳고……

저마다 방석을 들고 기웃거리는 삶이라니!

술자리를 빠져나와 어두운 골목길을 혼자 걷던 밤
하늘에서는 별이 별을 낳고, 별이 별을 낳고……
내 시린 입김은 얼마 날아가지 못해 공중에서 얼어붙던 밤
어느 집 담벼락 밑에 불씨가 남아 있는 연탄재 두 장
나는 그 앞에 한참을 쪼그리고 앉아 있었다

구멍이 스물두 개나 뚫린 그 둥근 방석 앞에서!

허공 한줌

이런 얘기를 들었어. 엄마가 깜박 잠이 든 사이 아기는 어떻게 올라갔는지 난간 위에서 놀고 있었대. 난간 밖은 허공이었지. 잠에서 깨어난 엄마는 난간의 아기를 보고 얼마나 놀랐는지 이름을 부르려 해도 입이 떨어지지 않았어. 아가, 조금만, 조금만 기다려, 엄마는 숨을 죽이며 아기에게로 한걸음 한걸음 다가갔어. 그러고는 온몸의 힘을 모아 아기를 끌어안았어. 그런데 아기를 향해 내뻗은 두 손에 잡힌 것은 허공 한줌뿐이었지. 순간 엄마는 숨이 그만 멎어버렸어. 다행히도 아기는 난간 이쪽으로 굴러 떨어졌지. 아기가 울자 죽은 엄마는 꿈에서 깬 듯 아기를 안고 병원으로 달렸어. 아기를 살려야 한다는 생각 말고는 아무 생각도 할 수 없었지. 얼마 지나지 않아 아기는 울음을 그치고 잠이 들었어. 죽은 엄마는 아기를 안고 집으로 돌아와 아랫목에 뉘었어. 아기를 토닥거리면서 곁에 누운 엄마는 그후로 다시는 깨어나지 못했지. 죽은 엄마는 그제서야 마음놓고 죽을 수 있었던 거야.

이건 그냥 만들어낸 얘기가 아닐지 몰라. 버스를 타고 돌아오면서 나는 비어 있는 손바닥을 가만히 내려다보았어. 텅 비어 있을 때에도 그것은 꽉 차 있곤 했지. 수없이 손을 쥐었다 폈다 하면서 그날밤 참으로 많은 걸 놓아주었어. 허공 한줌까지도 허공에 돌려주려는 듯 말야.

첫 나뭇가지

죽은 나뭇가지를 꺾어
산 나뭇가지 사이에 내려놓을 때
그것은 어떤 시작의 순간인가

그것을 알고 있기라도 한 듯
오래 두리번거리던 까치 한마리
이미 두 집이나 세들어 사는 미루나무에게로 날아간다
첫 나뭇가지를 물고

이 가지를 어디에 내려놓을 것인가,
전세금 사십만원을 들고 서울에 올라와
육교 위에서 중얼거리던 아버지처럼

아버지는 왜 진흙과 역청이 아닌
마른 나뭇가지들로 저 공중에 집을 엮으셨을까
무성해지는 잎사귀들 속에 우리를 숨기셨을까

가지 끝에 등이 찔려 날아오를 때마다

조금씩 둥글어져가던 집
그런 다음날이면 햇빛이 더 깊숙이 꽂혔다 가던,
빗물조차 오래 머금을 수 없던 집
때로 삭정이 부러지는 소리 툭툭 들리던 그 집

음계와 계단

예배당 뒷문 계단을 걸어 올라가면
제단 구석 검고 슬픈 짐승처럼 놓여 있던
피아노 한대

피아노에 비친 아이는
피아노를 열고 조심스럽게 연주를 시작했다
얼었던 건반을 손가락의 체온으로 다 녹이기에
아이의 손은 너무도 작고 여렸지만
예배당의 냉기 속으로 울려 퍼지던 곡들은
열살의 아이가 가까스로 피워올린 향과도 같은 것이
었다
그러나 갑자기 뒷문이 열리고
사찰 집사가 노모를 모시고 나타나면
아이는 피아노를 닫고 계단을 내려와야 했다
제단에는 두 개의 낡은 방석이 놓여지고
무릎 꿇고 앉은 노파와 그의 아들은
알 수 없는 방언으로 또하나의 제사를 올리는 것이었다
두 사람의 은밀한 제사를 뒷문 계단에서 훔쳐보며

아이는 광기의 황홀함을 배우기 시작하고
냉기를 향해 피워올렸던 폼들은
다시 건반과 함께 얼어가기 시작했다
피아노의 검은빛은
모자의 제사를, 그 길들여진 도취와 반복의 몸짓을
오래오래 말없이 비추어주고 있었다

피아노가 음계를 가질 수 있는 것은
검은빛으로 빨아들인 몇개의 풍경이 있기 때문이다
그리고 건반을 다시 울리기 위해
아이가 뒷문 계단에 앉아 기다리는 동안
밖은 半音씩 어두워져갔다

흔적

나는 무엇으로부터 찢겨진 몸일까

유난히 엷고 어룽진 쪽을
여기에 대보고 저기에도 대본다

텃밭에 나가 귀퉁이가 찢어진 열무잎에도 대보고
그 위에 앉은 흰누에나방의 날개에도 대보고
햇빛 좋은 오후 걸레를 삶아 널면서
펄럭이며 말라가는 그 헝겊조각에도 대보고
마사목에 친친 감겨 신음하는 어린 나뭇가지에도 대보고
바닷물에 오래 절여진 검은 해초 뿌리에도 대보고
시장에서 사온 조개의 그 둥근 무늬에도 대보고
잠든 딸아이의 머리띠를 벗겨주다가 그 띠에도 슬몃
대보고
밤늦게 돌아온 남편의 옷을 털면서 거기 묻어온
개미 한마리의 하염없는 기어감에 대보기도 하다가

나는 무엇으로부터 찢겨진 몸일까

물에 닿으면 제일 먼저 젖어드는 곳이 있어
여기에 대보고 저기에도 대보지만
참 알 수가 없다
종소리가 들리면 조금씩 아파오는 곳이 있을 뿐

너무 늦게 그에게 놀러간다

우리 집에 놀러와. 목련 그늘이 좋아.
꽃 지기 전에 놀러와.
봄날 나지막한 목소리로 전화하던 그에게
나는 끝내 놀러가지 못했다.

해 저문 겨울날
너무 늦게 그에게 놀러간다.

나 왔어.
문을 열고 들어서면
그는 못 들은 척 나오지 않고
이봐. 어서 나와.
목련이 피려면 아직 멀었잖아.
짐짓 큰소리까지 치면서 문을 두드리면
弔燈 하나
꽃이 질 듯 꽃이 질 듯
흔들리고, 그 불빛 아래서
너무 늦게 놀러온 이들끼리 술잔을 기울이겠지.

밤새 목련 지는 소리 듣고 있겠지.

너무 늦게 그에게 놀러간다,
그가 너무 일찍 피워올린 목련 그늘 아래로.

오래된 수틀

누군가 나를 수놓다가 사라져버렸다

씨앗들은 싹을 틔우지 않았고
꽃들은 오랜 목마름에도 시들지 않았다
파도는 일렁이나 넘쳐흐르지 않았고
구름은 더 가벼워지지도 무거워지지도 않았다

오래된 수틀 속에서
비단의 둘레를 댄 무명천이 압정에 박혀
팽팽한 그 시간 속에서

녹슨 바늘을 집어라 실을 꿰어라
서른세 개의 압정에 박혀 나는 아직 팽팽하다

나를 처음으로 뚫고 지나갔던 바늘 끝,
이 씨앗과 꽃잎과 물결과 구름은
그 통증을 지금도 기억하고 있다 기다리고 있다

헝겊의 이편과 저편, 건너가면
다시 돌아올 수 없는 언어들로 나를 완성해다오
오래 전 나를 수놓다가 사라진 이여

다시, 십년 후의 나에게

십년 후의 나에게, 라고 시작하는
편지는 그보다 조금 일찍 내게 닿았다

책갈피 같은 나날 속에서 떠올라
오늘이라는 해변에 다다른 유리병 편지
오래도록 잊고 있었지만
줄곧 이곳을 향해 온 편지

다행히도 유리병은 깨어지지 않았고
그 속엔 스물다섯의 내가 밀봉되어 있었다
스물다섯살의 여자가
서른다섯살의 여자에게 건네는 말
그때의 나는 첫아이를 가진 두려움을 이렇게 쓰고 있다
나는 한마리 짐승이 된 것 같아요, 라고
또하나의 목숨을 제 몸에 기를 때만이
비로소 짐승이 될 수 있는 여자들의 행복과 불행,
그러나 아이가 태어나 자란 만큼 내 속의 여자들도 자
라나

나는 오늘 또 한통의 긴 편지를 쓴다
다시, 십년 후의 나에게
내 몸에 깃들여 사는 소녀와 처녀와 아줌마와 노파에게
누구에게도 길들여지지 않는 그 늑대여인들에게
두려움이라는 말 대신 사랑이라는 이름으로

책갈피 같은 나날 속으로,
다시 심연 속으로 던져지는 유리병 편지
누구에게 가 닿을지 알 수 없지만
줄곧 어딘가를 향해 있는 이 길고 긴 편지

해미읍성에 가시거든

해질 무렵 해미읍성에 가시거든
당신은 성문 밖에 말을 잠시 매어두고
고요히 걸어 들어가 두 그루 나무를 찾아보실 일입니다
가시 돋힌 탱자울타리를 따라가면
먼저 저녁해를 받고 있는 회화나무가 보일 것입니다
아직 서 있으나 시커멓게 말라버린 그 나무에는
밧줄과 사슬의 흔적 깊이 남아 있고
수천의 비명이 크고 작은 옹이로 박혀 있을 것입니다
나무가 몸을 베푸는 방식이 많기도 하지만 하필
형틀의 운명을 타고난 그 회화나무,
어찌 그가 눈 멀고 귀 멀지 않을 수 있었겠습니까
당신의 손끝은 그 상처를 아프게 만질 것입니다
그러나 당신은 더 걸어가 또다른 나무를 만나보실 일
입니다
옛 동헌 앞에 심어진 아름드리 느티나무,
그 드물게 넓고 서늘한 그늘 아래서 사람들은 회화나
무를 잊은 듯 웃고 있을 것이고
당신은 말없이 앉아 나뭇잎만 헤아리다 일어서겠지요

허나 당신, 성문 밖으로 혼자 걸어나오며
단 한번만 회화나무 쪽을 천천히 바라보십시오
그 부러진 나뭇가지를 한번도 떠난 일 없는 어둠을요
그늘과 형틀이 이리도 멀고 가까운데
당신께 제가 드릴 것은 그 어둠뿐이라는 것을요
언젠가 해미읍성에 가시거든
회화나무와 느티나무 사이를 걸어보실 일입니다

불 켜진 창

불빛을 훔치려는 사람처럼
문이 아닌 창 쪽으로 가서 집 안을 들여다본다

남편과 큰아이는 장기를 두고 있고
접시에 남은 과일은 아직 물기 마르지 않았고
주전자에서는 김이 오르고 있다
작은아이는 자는가

나는 한마리 나방인 듯이
창문에 부대껴 서서 생각한다
그 익숙한 살림살이들의 낯섦에 대하여
부르면 들릴 만큼 가까운 거리의 아득함에 대하여
내가 없는 세상의 온기 또는 평화에 대하여

큰아이가 자꾸 시계를 올려다본다
그러나 한마리 나방인 듯이
오늘은 창 밖 어둠속에 나는 숨어서
오래오래 들여다본다

불 켜진 버스처럼 금방이라도 떠날 것 같은
그 창문을

지푸라기 허공

그의 옷에 묻어온
지푸라기를 털어내는 동안 십년이 지났다
술에 취해 잠든 그의 머리맡에 앉아
지푸라기를 털어내면서
나는 그 지푸라기라도 잡고 싶었던 것일까
두 손에 고인 가벼운 목숨은
작은 한숨에도 파르르 떨고는 했다
길 위에 누운 등의 무게를,
누워서 바라보았을 별의 빛남을,
그 추운 잠을 지푸라기는 알고 있을 것이다
그래서 나는 지푸라기를 차마 쓰레기통에 넣지 못했다
얼어붙은 창문을 열고 날려보낸 그 홑겹의 날개들은
쐐기처럼 단단하게 허공에 박혔다
창을 열어도 앞이 보이지 않는 것은
어둠 때문이 아니다 지푸라기의 아우성으로
가득 찬 허공, 차라리 나는 거기에 불을 놓았어야 했다
일찍이 내 마음을 검게 그슬린 火田으로 만들었어야
했다

그러나 무엇을 일구지도 버리지도 못한 채
그의 등에 묻은 지푸라기만 하염없이 떼어내고 있는
밤, 그 메마른 되새김질로 십년이 지났다
자신이 점점 제웅으로 변해가는 줄도 모르고

月蝕

월식을 구경하러 숲으로 간 사람들 많지만
창문 하나 없는 수술실 복도에도
하룻밤 사이 수십개의 달이 이운다

불이 환하게 켜진 수술대 위에서
점점 여위어가는 달

해에서 가장 멀리 떨어져 있는 달이
해에서 가장 가까운 달에게로 걸어가고 있다
달 속의 해와 해 속의 달이 만나고 있다

저토록 밝은데 이토록 어둡다니,
네 얼굴이 차츰 여위는 것은
내 그림자 때문이다
미안하다, 너를 비껴가지 못했다

열리지 않는 수술실 유리문에서
컹, 컹, 컹, 절망의 개가 달을 잡아먹고 있다

제3부

벽오동의 上部

나는 어제의 풍경을 꺼내 다시 씹기 시작한다
6층에서 바라보는 풍경은 그리 높지도 낮지도 않아서
앞비탈에 자라는 벽오동을 잘 볼 수 있다
며칠 전만 해도 오동꽃 사이로 벌들이 들락거리더니
벽오동의 풍경은 이미 단물이 많이 빠졌다
꽃이 나무를 버린 것인지 나무가
꽃을 버린 것인지는 알 수 없으나
그래도 꽃을 잃고 난 직후의 벽오동의 표정을
이렇게 지켜보는 것도 또다른 발견이다
꽃이 마악 떨어져나간 자리에는
일곱살 계집애의 젖망울 같은 열매가 맺히기 시작했는데
나는 그 풍경을 매일 꼭꼭 씹어서 키우고 있다
누구도 꽃을 잃고 완고해지지 않을 수 없다는 것을
6층에 와서 벽오동의 上部를 보며 배운다
그런데 놀라운 것은 거칠고 딱딱한 열매도
저토록 환하고 부드러운 금빛에서 시작된다는 사실이다
이미 씨방이 닫혀버린 벽오동의 열매 사이로
말벌 몇 마리가 찾아들곤 하는 것도

그 금빛에 이끌려서일 것이다
그러나 저 눈 어두운 말벌들은 모르리라
캄캄한 씨방 속에 갇힌 꿈들이 어떻게 단단해지는가를
내 어금니에 물린 검은 씨가 어떻게 완고해지는가를

사과밭을 지나며

가을엔 나비조차 낮게 나는가
내려놓을 것이 있다는 듯
부려야 할 몸이 무겁다는 듯

가지가 휘어지도록 열매를 달았던 사과나무,
열매를 다 내려놓고 난 뒤에도
그 휘어진 빈 가지는 펴지지 않는다
아직 짊어질 게 남았다는 듯

그에겐 허공이, 열매의 자리마다 비어 있는
허공이 열매보다 더 무거울 것이다
빈 가지에 나비가 잠시 앉았다 날아간다
무슨 축복처럼 눈앞이 환해진다
아, 네가, 네가, 어디선가 나를 내려놓았구나
그렇지 않다면 이토록
사과나무 그늘이 환해질 수 있을까
꿰맨 자국 하나 없는 나비의 날개보다
오늘은 내 百結의 옷이 한결 가볍겠구나

아주 뒤늦게 툭, 떨어지는 사과 한알

사과 한알을 내려놓는 데
오년이 걸렸다

탱자

한아름 따온 탱자는 가을과 함께 썩어간다
과즙이 향유가 되는 건
놀라움이 식지 않았을 때의 일
물에서 건져온 조약돌의 빛이 식어가듯
탱자는 시들기 시작하고
탱자를 담고 있던, 아니 숨기고 있던
검은 비닐봉지는 하루하루 부풀어오르고 있다
탱자나무 울타리를 지나오면서 나는
썩어갈 슬픔 하나를 데리고 왔는지 모른다

며칠 전부터 비닐봉지 속에서 무슨 소리 들린다
그 속에 누가 갇혀 있는가
검은 살을 찢고 나오려는 푸른 가시들
제 가시에 찔려 눈이 먼 탱자꽃

탱자꽃 핀다 탱자꽃 핀다 썩어 문드러진 탱자 속에서

버려진 화분

길가에 버려진 화분이여

한줌 흙 대신 차라리
우글거리는 이 가슴을 받아라

네 속에서
벌레들이 싹틀 것이다

거미에 씌다

가만히 좀 있어봐, 하면서
그는 내 얼굴에서 거미줄을 떼어낸다
저녁에 옷을 갈아입다 보면
윗도리에도 거미줄이 한 웅큼 뭉쳐져 있다

낮은 허공에 걸려 있던 거미줄이
얼굴을 확 덮치던 그날부터
내 울음은 허공에 닿아 거미줄이 되었다
버둥거리며 거미줄을 떼어냈지만
내 얼굴에선 한없이 거미줄이 뽑혀나왔다
울음으로 질겨진 거미줄 위에서
때로는 흰 꽃잎을
때로는 부서진 나비 날개나 모기 다리를
건져 올리며 까맣게 늙어가는 동안
울음도 함께 늙어 말수가 줄어드는 것일까
나는 내 울음이 누구에게도 들리지 않게 되었다는 걸
안다

희미한 불빛 아래 둘러앉아 사람들은 말한다
가만히 좀 있어봐, 거미줄이 묻었어,
조금은 거미인 나를 향해 이렇게 말하곤 하는 것이다

잠을 들다

잠이라는 빵을
그는 어제 아침부터 뜯어먹고 있다
삼복더위에 솜잠바를 입고
시장 입구 버려진 철제 캐비닛에 기대어
하염없이 하염없이 잠을 들고 있다
건어물상을 나와 정육점에 들어갔던 파리는
과일가게 앞 쪼개놓은 수박의 붉은 살 위에 앉았다가
그의 콧잔등에 날아와 잠을 빨아먹고 있다
그러나 굳게 닫힌 그의 두 눈은
잠을 삼키느라 여념이 없고
마를 대로 메마른 입술은
잠을 씹느라 움직일 줄을 모른다
그의 팔다리 역시
고픈 잠이 아직 남아 있는지
녹슨 캐비닛보다 더 굳게 잠겨 있다
그는 땀조차 흘리지 않는다
잠시도 잠들지 않는 시장 입구에서
그는 어제부터 잠 말고는 아무것도 들지 않았다

그런데도 너무 많이 먹은 사람처럼
이따금 입 밖으로 흰 액체를 흘려보낸다
그를 둘러싼 공기들이 석회질처럼 굳어간다

만화경 속의 서울역

지하도를 거의 걸어 올라왔을 때 계단에 앉아 등 긁는 대막대기를 파는 사내가 보였다 음산한 눈빛과 질겅거리는 입술, 그가 나를 향해 뱉은 말이 껌처럼 얼굴에 달라붙었다 떼어내려고 할수록 더욱더 들러붙는 이 낯선 물컹거림, 한 여자의 불룩하게 드러난 가슴이 붉은 물감 덩어리처럼 울컥 눈 속으로 쏟아져내리고 그녀와 팔짱을 끼고 걸어오던 중년 남자의 지팡이가 갑자기 뱀이 되어 꿈틀거리기 시작했다 뜨거운 시멘트 바닥 위에 알을 까려는지 나비 몇마리가 낮게 낮게 파닥거리고 조화가 만발한 화단 곁으로 비루먹은 개들이 어슬렁거렸다 비틀거리며 지나가는 한 아이, 그 운동화 바닥에 코울타르처럼 남겨진 나비의 진액

누구일까,
금방이라도 폭발할 것 같은 역광장으로
정오의 햇빛을 반사시켜 쏘아보내고 있는 것은
개찰구를 향해 또박또박 걸어가던 나에게
그 확신이야말로 거대한 착란이라고 속삭이고 있는

것은
  이 취기에 물든 화엄 속으로 나를 미끄러뜨린 것은

돌베개의 꿈

딱딱한 돌을 베고 누워
얼마나 오래 꿈을 꾼 것일까

계단은 늘었다 줄었다 한다
아코디언처럼
누가 계단을 불고 있다

한 걸음 올라가려고 하면
출렁 계단은 늘어나 휘어지고
가만히 앉아 있으면
차르륵 계단은 줄어들어 달팽이집만해진다
누가 내 길을 불고 있는 것일까

쉴새없이 출렁거리는 계단,
그 들숨과 날숨 사이에 걸터앉아
까마득한 위를 올려다본다
끝이 보이지 않지만 길을 잃은 건 아니다

출렁거리는 계단 위에서도
끝내 손에서 놓지 않았던 옷자락
찢겨진 이 옷자락

눈의 눈

봄이 가까워질수록
눈은 산꼭대기로 올라간다
햇빛이 시려워 시려워서

피워놓은 눈꽃을 자꾸만 꺼뜨리며 따라오는
햇빛의 눈을 피해
눈은 음지로 음지로 숨어든다
누구도 그를 알아볼 수 없는 곳으로

쫓기지 않고서는 오를 수도 없었을 산정에서
그가 본 것은 무엇이었을까
겨우내 연기 한번 피우지 않고
물 한모금 마시지 않고
바위틈에 간신히 서려 있다가
점점 잦아들어, 마침내
훅 꺼져버린
눈의
눈

시린 물
흘러내리는 이른봄마다 나는
눈 어두워 알지 못했네
그것이 한 은둔자의 피라는 것을

사월의 눈

햇빛에게조차 잊혀져 너무 깊이 잠들어버린

눈의 기억을 잃어버린

옆으로 옆으로 밀려나 그늘진 비탈 쪽으로 더 깊이 뿌
리내린

흙먼지와 뒤엉켜 아래부터 조금씩 굳어가고 있는

무기력의 힘으로 너무 단단해진

다시는 물이 되어 저기 저 시냇가로 돌아갈 수 없는

어느날 아무도 모르게 먼지로 날아오를

그림자

햇빛이 겨누는 창 끝에 놀라
문득 걸음을 멈춘다

그림자가 짧다

뒤따라오던 불안은 어디로 갔을까
내가 헤치고 온 풀마다 누렇게 말라 있다
시든 풀을 보고 울지 않은 지
오래 되었다
나는 덜 여문 잔디씨 몇을 훑어 달아난다

끝내 나를 놓치지 않는 그림자,
흩어지는 잔디씨에도 그림자가 있다

도끼를 위한 달

이제야 7월의 중반을 넘겼을 뿐인데
마음에는 11월이 닥치고 있다
삶의 기복이 늘 달력의 날짜에 맞춰 오는 건 아니라고
이 폭염 속에 도사린 추위가 말하고 있다
11월은 도끼를 위한 달이라고 했던 한 자연보존론자
의 말처럼
낙엽이 지고 난 뒤에야 어떤 나무를 베야 할지 알게 되고
도끼날을 갈 때 날이 얼어붙지 않을 정도로 따뜻하면서
나무를 베어도 될 만큼 추운 때가 11월이라 한다
호미를 손에 쥔 열 달의 시간보다
도끼를 손에 쥔 짧은 순간의 선택이,
적절한 추위가,
붓이 아닌 도끼로 씌어진 생활이 필요한 때라 한다
무엇을 베어낼 것인가, 하루에도 몇번씩
내 안의 잡목숲을 들여다본다

부실한 잡목과도 같은 生에 도끼의 달이 가까웠으니
7월의 한복판에서 맞이하는 11월,
쓰러지지 않기 위해 도끼자루를 다잡아보는 여름날들

해일

숲은 만조다
바람이란 바람 모두 밀려와 나무들 해초처럼 일렁이
고
일렁임은 일렁임끼리 부딪쳐 자꾸만 파도를 만든다
숲은 얼마나 오래 웅웅거리는 벌떼들을 키워온 것일
까
아주 먼 데서 온 바람이 숲을 건드리자
숨죽이고 있던 모래알갱이들까지 우우 일어나 몰려다
닌다
저기 거북의 등처럼 낮게 엎드린 잿빛 바위,
그 완강한 침묵조차 남겨두지 않겠다는 듯 숲은 출렁
거린다
아니라 아니라고 온몸을 흔든다 스스로 범람한다
숲에서 벗어나기 위해 숲은 肉脫한다
부러진 나뭇가지들 떠내려간다

바람은 왜 등뒤에서 불어 오는가

그의 얼굴을 바라볼 수 없었다
바람을 향해 고개를 돌리는 순간
눈이 멀 것만 같아
몸을 낮게 웅크리고 엎드려 있었을 뿐
떠내려가기 직전의 나무뿌리처럼
모래 한알을 움켜잡고
오직 그가 지나가기만 기다렸다
그럴수록 바람은 더 세차게 내 등을 떠밀었다

너를 날려버릴 거야
너를 날려버릴 거야
저 금 밖으로, 흙 밖으로

울부짖는 그의 얼굴을 바라볼 수 없었다
바람은 왜 등뒤에서 불어 오는가
수천의 입과 수천의 눈과 수천의 팔을 가진 바람은
나를 휘감아 도는 이 바람은

툭, 탯줄이 끊어지고
존재의 둑을 휩쓸고 들어오는 물결 속에서
나는 누군가의 마른 종아리를 간신히 붙잡았다
그 순간 눈을 떴다
내가 잡은 것은 뗏목이었다
아니, 내가 흘러내리는 뗏목이었다

제4부

새를 삼킨 나무

가슴 붉은 새 한마리가
휙, 내 앞을 지나 숲으로 들어간다
저녁 하늘에 선명하게 남은
붉은 빛, 그 빛을 따라
방금 그 새가 앉은 나무에게로 걸어간다
분명히 날아오른 기척이 없었는데
조심스레 다가가 올려다보니
새가 사라졌다

아, 검은 입으로 새를 삼킨 나무

새의 눈동자만 같은
붉고 마른 열매
부리로 제 옆구리를 콕콕 쪼는 소리
낮게 우는 나뭇가지들

그 새―나무 그늘에 아무리 앉아 있어도
끝내 나를 삼켜주지는 않고

어둠만 어둠만 밀려와
닫혀진 문 앞에서 나 오래도록 서성거리고

축음기의 역사

저 낡은 소리는
어떤 상처를 읽은 것이다

바늘은
소리가 남긴 기억을
그 만져지지 않는 길을
천천히 되밟으며 지나간다

아무리 여러번 읽어도
상처의 길은
더 깊게 패이거나 덧나지 않는다
닳아가는 것은
그것을 읽는 바늘끝일 뿐

저 소리로는
저 소리만으로는
스스로 暗轉될 수 없어

소리를 기록할 수 있다고 믿게 된 때부터
상처를 반복할 수 있다고 생각한 그 때부터
돌아갈 수 없게 되었다
소리가 태어난 침묵 속으로

돌로 된 잎사귀

박쥐들이 어둠과 내통할 수 있는 건
앞을 못 보기 때문이다 못 보는 그 힘으로
어둠속에 길을 낸다
그 길은 동굴 어디쯤에서 끊겨 있다

이전도 이후도 없는 어둠속에서 무언가
살고 있다는 사실에 자꾸만 몸이 추워졌다
떨고 있는 몸을 적시는 물방울,
母山 아래 숨겨진 동굴에서 하룻밤을 지내는 동안
돌로 된 잎사귀는 쉬지 않고 자라났다

정말 하룻밤이었을까
그렇게 많은 물방울이 흘러내렸는데도
날개소리 그렇게 오래 들렸는데도

석순 1mm가 채 자라기도 전에 우리 생은 끝나고
동굴 밖은 지금 몇 세기일까
그리고 동굴 밖으로 걸어나가는 나는 누구일까

자꾸만 눈부셔 뒷걸음질치는 나는

다시 눈을 떠보니 母山 어느 상수리나무 그늘이었다
신기하게도 잎들은 푸르렀고
새들은 무슨 힘으로 날아가는지 알 수 없었다

고여 있는, 그러나 흔들리는
우포에서

후두둑, 빗방울이 늪을 지나면
풀들이 화들짝 깨어나 새끼를 치기 시작한다
녹처럼 번져가는 풀,
진흙뻘을 기어가는 푸른 등 같기도 하다
어미 몸을 먹고 자란 우렁이 새끼들도 기어간다
물과 함께 흔들리고 있는 풀들 사이로
빈 우렁이 껍데기들 떠다닌다

기어가는, 그러나 묶여 있는
고여 있는, 그러나 흔들리는

비가 아니었다면
늪은 수만년을 어떻게 견뎠을까
무엇으로 흔들림의 징표를 내보였을까

후두둑,
후두둑,
후둑후둑……

늪 위에 빗방울이 그려넣는 무늬들

오래 고여 있던 늪도
오늘은 몸이 들려 어디로 흘러갈 것만 같다

어떤 하루

그는 종일 집 밖에 나와 있었다. 천천히, 그의 걸음걸이로는 보통으로, 벚나무에서 그 옆의 꽃사과나무까지 기어가는 데 반나절이 걸렸다. 그는 꽃사과나무 위로 오르려다가 문득 무언가를 발견했는지 몸을 돌린다. 한참 뒤에야, 그에게는 잠깐이지만, 나는 그가 작고 노란 꽃을 향해 부지런히 가고 있다는 걸 눈치챘다. 무척 시장했는지 여린 꽃잎을 그는 한눈도 팔지 않고 먹어치운다. 꽃은 두 시간 만에 다 비워졌다. 하늘거리는 꽃대를 타고 내려와 이번엔 몸을 누일 그늘을 찾는지 두리번거린다. 그는 내가 따라다니는 걸 아는지 모르는지 태연스럽게 내 쪽으로 기어온다. 그러는 동안 다시 반나절이 지났다. 그가 길쭉한 풀 한가닥에 몸을 싣자 풀잎이 잠시 휘청, 한다. 날 선 풀잎 위를 희고 매끄러운 배로 밀고 가는 그는 풀을 꺾지도 몸을 베지도 않고 활처럼 잘 켰다. 연주를 끝내고 어디론가 숨어버린 그를 다시 찾아낼 생각은 없었다. 이미 날이 어두워졌으므로, 집을 잃은 건 그만이 아니므로. 나는 방금 그가 건너간 풀 한가닥 위에 발을 슬며시 올려놓았다.

石佛驛

석불이라고는 있을 것 같지 않은
작은 동네에 집이 세 채

그가 돌로부터 왔음을
불타는 돌이었음을
도무지 믿을 수 없는 모습으로

눈 녹는 역사 마당에
쓰러질 듯 서로를 고이고 있는
연탄재들

기차가 석불역을 떠나려는 순간
나는 그를 알아보았다

소신공양을 끝내고 막 돋아나는 그 살빛을!

기둥들

기둥들만 남아 있는 신전에 갔었지요.

가장 높은 기둥은 사람 키의 수백배는 되어 보였어요.

무엇이 기둥을 저토록 높이 올라가게 했을까요?

하늘에 귀기울이기 위해? 나무에게 말하기 위해?

다람쥐가 기둥 앞에서 오랫동안 귀를 쫑긋거리던데요.

기둥이 나무들과 주고받는 말을 나는 알아들을 수 없었지요.

벽도 천장도 사라졌는데, 도시는 무너지고 언어는 흩어졌는데,

기둥들은 왜 아직도 그 자리에 서 있는 걸까요?

기둥 속에 숨겨진 문을 찾아 나는 두리번거렸지요.

그 침묵의 궁륭으로 들어가는 입구 말이에요.

얼마나 지났을까요, 나는 어느새 기둥 속에 들어와 있었어요.

지하로 뻗은 기둥의 뿌리를 따라 아주 멀리 걸어갔지요.

이상한 것은 기둥 속에 다시 낮은 기둥들이 줄지어 서 있는 거예요.

기둥들 사이에는 사람들이 신문지를 덮고 누워 있었구요.

"나자로여, 일어나라!"

서울역 광장에서 걸어내려온 예언자는 그들을 향해 외쳤어요.

"어떤 새끼야, 잠도 못 자게 떠들어대는 놈이."

얼굴 없는 목소리가 들렸을 뿐, 아무도 일어나지는 않았어요.

차가운 기둥들은 여전히 침묵하고 있었지요.

무엇이 기둥을 이토록 깊이 뿌리내리게 했을까요?

사람들의 신음소리에 귀기울이기 위해? 그들을 재우기 위해?

기둥이 굽은 등짝들과 주고받는 말을 나는 알아들을 수 없었지요.

신전의 다람쥐 대신 시궁쥐가 재빠르게 달아나고 있었고 나는 기둥 밖으로 나가기 위해 허둥거렸어요.

지하의 마천루에서 올려다본 하늘은 푸르기만 한데 기둥들은 왜 아직도 그 자리에 서 있는 걸까요?

빗방울, 빗방울

버스가 달리는 동안 비는
사선이다
세상에 대한 어긋남을
이토록 경쾌하게 보여주는 유리창

어긋남이 멈추는 순간부터 비는
수직으로 흘러내린다
사선을 삼키면서
굵어지고 무거워지는 빗물
흘러내리지 않고는 견딜 수 없는

더이상 흘러갈 곳이 없으면
빗물은 창틀에 고여 출렁거린다
출렁거리는 수평선
가끔은 엎질러지기도 하면서

빗물, 다시 사선이다
어둠이 그걸 받아 삼킨다

순간 사선 위에 깃드는
그 바람, 그 빛, 그 가벼움, 그 망설임

뛰어내리는 것들의 비애가 사선을 만든다

삼베 두 조각

눈 내리는 아침
할머니는 손수 지어놓으신 수의로 갈아입으셨다
수의는 1978년 7월 15일자 신문지에 싸여 있었다
수의를 지어놓고도 이십년을 더 사신 할머니는
백살이 가까운 어느 겨울날이 되어서야
연둣빛을 군데군데 넣어 만든 그 수의를
벽장 속에 숨겨둔 날개옷처럼 차려 입으신 것이다
그런데 아무리 찾아도 버선이 보이지 않았다
이상도 허지, 그것을 안 맨들 양반이 아닌디 아닌디……
어리둥절해하는 사람들을 향해
할머니의 두 입술은 설핏 웃는 듯도 하였다
상자 속에는 버선 대신 삼베 두 조각이 들어 있어서
그걸로 잘 마른 장작 같은 두 발을 싸드렸다
삼베 두 조각을 두고
할머니는 왜 끝내 버선을 만들지 않으셨을까
1978년 7월 15일자 신문지에 싸여 있던
수의 한벌과 삼베 두 조각으로 따뜻하게 여며 입고
할머니는 1998년 1월 19일 아침
흰눈이 내리는 새로운 집으로 걸어들어가셨다

이 복도에서는

종합병원 복도를 오래 서성거리다 보면
누구나 울음의 감별사가 된다

울음마다에는 병아리 깃털 같은 결이 있어서
들썩이는 어깨를 짚어보지 않아도
그것이 병을 마악 알았을 때의 울음인지
죽음을 얼마 앞둔 울음인지
싸늘한 죽음 앞에서의 울음인지 알 수가 있다

그러나 이 복도에서는 보이지 않는 불문율이 있다
울음소리가 들려도 뒤돌아보지 말 것,
아무 소리도 듣지 않은 것처럼 앞으로 걸어갈 것

마른 시냇물처럼 오래 흘러온
이 울음의 야적장에서는 누구도 그 무게를 달지 않는다

눈은 그가 떠난 줄도 모르고

저, 저, 저 아래서 눈이 올라온다
공중에 난 발자국들을 지우며
용서 받을 발자국이 몇씩은 있을 것이어서
괜찬타,…… 괜찬타,…… 괜찬타,…… 괜찬타,…… *
눈발 날리는 소리를 그렇게 간절히도 듣던 귀가 있었
다

창문을 열자 허공에서 오래 서성거리던 눈송이 몇점
더운 손등 위에 깜박거리다 스러진다
눈석임물처럼 잠시 맺혔다 흘러내리는 게 목숨이어서
오늘밤 싸늘하게 피가 식는 입술이 있겠지
어느 마당가에서는 둥근 그릇에 희디흰 눈을 받겠지
그 그릇이 봉긋하게 차오르면
또 한 아기가 태어나 울음을 터뜨리겠지
아득한 산란, 터져나온 포자들이 날아오르는 밤이면
허름허름 길 떠나는 발자국도 있어

괜, 찬, 타, ……

94

괜, 찬, 타, ……
괜, 찬, 타, ……
괜, 찬, 타, ……

눈은 대체 어느 먼 골짜기로부터 시작되는 것이기에
하염없이 날아오르나 날아오르며 곤두박질치나
저, 저, 저 아래 골짜기는 깊고 어두워
눈은 그가 떠난 줄도 모르고 밤새 날아오른다
눈은 제가 누굴 용서한 줄도 모르고 밤새 내려앉는다

　＊미당의 시 「내리는 눈발속에서는」의 한 구절.

눈 묻은 손

노파의 눈 묻은 손이 자꾸만 소쿠리 위로 간다

작고 파란 소쿠리에는
눈이 반 콩이 반

아무리 가린다 해도 손등보다 밤하늘이 넓으니
어쩔 수도 없다, 눈을 끼워 파는 수밖에

버스는 좀처럼 오지 않고
얼마냐고 묻는 목소리에 눈이 묻는다
이천원이라는 노파의 목소리에도,
콩알 섞인 함박눈을 비닐봉지에 털어넣는 노파가
받아든 천원짜리 지폐에도 눈이 묻는다

멀리서 눈을 뒤집어쓴 버스가 오고
나와 눈과 비닐봉지는 눈 속을 펄럭이며 뛰어간다

깜박 잠이 들었던 것일까

창 밖에 눈 그치고 거기까지 따라온 눈이 길 위에 희다
그러나 손등의 눈은 어디로 사라졌을까
내 손에 남겨진 것은 한줌의 젖은 콩에 불과할 뿐

나비를 신고 오다니

잔칫집인지 초상집인지
문득 둘러앉은 얼굴들 낯설다

돌아가려고 하는데
어지럽게 뒤섞인 신발들 속에서
내 신발 찾을 수 없어 두리번거린다
신발 한짝은 보이지 않고
저쪽 유리창에서 날개 다친 나비가
나를 향해 파닥거리고 있다

나비를 신고 오다니!

한 발은 나비를 신고
한 발은 땅에 디딘 채
절뚝절뚝 봄길을 날아 걸어왔으니

나비야, 나비야,
이 검은 땅 위에 다시 내려와 앉아라

내가 너를 신겠다

날개란 신기 위해 있는 것이니
내가 너를 신겠다, 나비야

언덕

언덕은
내려오고 있다

늙은 고양이
어슬렁거리며
언덕을 내려올 때
언덕도 몇발짝 따라 내려오고

마른 흙 위에
나비 앉았다 날아가면
언덕도 몇줌 따라 날아가고

개나리가 언덕 아래
몸을 부리고 있는 동안
언덕은 또 얼마나 많이 내려와 있는지
중턱의 소나무 몇그루가 간신히 붙잡고 있다

언덕을 내려오는

저 사람은 모를 것이다
언덕이 조금씩 내려오고 있다는 것을

어느날 아침
사람들은 말하겠지
언덕은 대체 어디로 갔지?
나무들은, 꽃잎들은, 고양이는, 나비는?
바람도 불지 않았는데 다들 어디로 갔지?

그의 귀에 들리는 어스름의 '소리'들

유성호

1

어느 시인이 "언어는 불충족한 소리의 옷"이라고 했던 표현을 기억한다. 자신의 몸 깊은 곳에서 웅얼대며 들끓고 있는 '소리'들이 밖으로 새나올 때는 '언어'라는 보잘것없는 남루를 걸쳐야 한다는 것, 그리고 시인 자신은 물론이고 그 '소리'와 소통하려는 모든 이에게 '언어'라는 외재적 형식은 불충분하기 이를 데 없다는 것을 암시한 표현일 것이다. 또한 일정한 문맥과 관습을 거느려야 하는 '언어'는, '소리'의 원형 그대로가 아니라, 필연적으로 일정한 굴절과 변형을 치른 것이라는 뜻도 거기에는 담겨 있을 것이다.

내가 희덕을 말하고자 할 때 빚어지는 거리도 아마 이 '소리'와 '언어' 사이의 그것일 것이다. 그와 나 사이에 적지 않게 흐른 시간들, 그리고 우리 딴에는 엇비슷한 성

정과 감각 때문에 불가피하게 공유하게 된 이런저런 풍경들에 대한 내 안의 들끓는 '소리'는 퍽 많다. 그러나 이 좁은 지면에 씌어질 '언어'는 상대적으로 왜소하고 빈약하다. 그 빈약함을 무릅쓰고 나는, 나의 '기억' 속에 있는 그와 그의 시에 대해 이야기한다. 사실 모든 경험 중에서 그나마 '언어'라는 옷을 입을 수 있는 것은 '기억'된 경험 밖에는 없을 테니까 말이다. 그래서 그의 네번째 시집을 읽는 것은 그 '기억'에 견주어 시집 곳곳에서 웅얼거리는 '소리'를 채집하는 작업이기도 하다.

2

한동안 그를 만나지 못했다. 대학을 졸업하고 그는 수원에 있는 한 고등학교에 자신의 둥지를 틀었고, 나는 나대로 대학원으로 숨어들었으니까. 그러던 중, 정확히 말하면 80년대가 끝나던 그 해, 희덕은 시인이 되어서 우리 앞에 나타났다. 학창 시절 때부터 우리에게 이미 시인으로 불렸던 그가 달고 온 '시인' 꼬리표는 전혀 낯설거나 엉뚱하지 않았다. 마치 이름표를 잠시 어디다 두고 왔다가 그걸 다시 찾아서 불쑥 나타난 정도에 불과했다. 그래서 우리는 그에게 부러움 없는 축하와 함께 문운(文運)을 빌었던 것 같다.

그는 교사 생활을 하면서 신춘문예 당선작은 물론 첫 시집의 세계를 완성한다. 그것이 「뿌리에게」(1989)와 『뿌리에게』(1991)이다. 그리고 몇년을 격하여 『그 말이 잎을 물들였다』(1994), 『그곳이 멀지 않다』(1997)의 시집을 잇따라 펴내는 성실함과 부지런함을 보인다. 많은 이들이 알고 있듯이, 그 세계는 형벌이면서 구원일 수밖에 없는 사랑과 희생, 그리고 세계에 대한 한없는 연민과 헌신이 드러난 이른바 '가이아의 노래'였다. 그것을 일러 평자들은 "모성적 따뜻함"이나 "단정한 기억"으로 가늠했던 것이리라.

그러나 그를 향해 일관되게 쏟아지는 "따뜻함"이나 "단정함" 같은 반복적이고 호의적인 규정 앞에서 그는 한편으로는 안도하면서도 다른 한편으로는 매우 갑갑해했을 것이다. 물론 '따뜻함'과 '단정함'이 서정시의 양보할 수 없는 미덕임에는 틀림없겠지만, 희덕으로서는 자신의 시가 욕망하는 역동적 파문(波紋)이 그 같은 수사 안에 갇히는 것이 적이 고맙고도 억울한 일이었을 것이다.

3

희덕의 시는 '사라짐'으로써 존재의 빛을 남기는 것들에 대한 사랑과 집착, 절제되고 완결성 높은 형식에의 의지, 그리고 '시(포에지)'를 향한 자기 엄격성의 산물이다. 그래서 그의 시에는 세기말의 디스토피아적 징후인 분열과 환각이 없다. 우울과 공포, 광기 같은 것들 또한 여간 찾기 어렵다. 선적 초월이나 해체 전략 같은 전위적 포즈

나 과장된 자기 모멸 또한 거의 없다. 그는 그 중 어느 것에도 깃들이지 못하고, 그것들이 설명해낼 수 없는 세계의 비밀스러운 부분을 탐색하고자 하는 시인이다.

그 탐색의 가장 중요한 방법이 바로 귀를 곧추세우고 '사라지는 것들'의 '소리'를 명민하게 탐침(探針)하는 것이다. 실제로 그의 귀는 크지 않지만, 이때 그의 귀가 가지는 품은 여간 큰 게 아니다.

흩어진 꽃잎들 어디 먼 데 닿았을 무렵
조금은 심심한 얼굴을 하고 있는 그 복숭아나무 그늘에서
가만히 들었습니다 저녁이 오는 소리를
　　　　　　　　　　　　――「그 복숭아나무 곁으로」 부분

요컨대 희덕의 시는 '저녁'의 시다. 새벽녘이나 한밤중보다는 해질녘 어스름의 때가 그의 시를 둘러싸고 있는 더없이 확실한 배경이다. 희덕에게는 바로 그 일몰 무렵이 자신 안에서 숨죽이고 있던 기억들이 가장 생동감을 얻는 시간이고, 모든 존재가 자기 자리로 돌아가는 모습을 목도할 수 있는 시간이다. 시 「어두워진다는 것」은, 그 '일몰 무렵'이 사물들이 자신들의 감각적 현존마저 버린 채 모두 제자리로 돌아가는 때임을 말하고 있다. 그때 "몸을 비추던 햇살이 / 불현듯 그 온기를 거두어가"고, "멀리서 수원은사시나무 한그루가 쓰러지고 / 나무 껍질이 시

들기 시작"한다. "시든 손등이 더는 보이지 않게 되"면서 말이다.

그런데 그에게 황혼녘은 노을의 눈부심이나 땅거미의 어두움으로 오는 것이 아니라 희미하게 자신의 존재를 알리는 '소리'의 형식으로 온다. 그에게는 '어두워진다는 것'조차 청각적(auditory)인 것이다. 그래서 자기 자신은 "저녁이 오는 소리를" 가만히 듣고 있고, "밖은 半音씩 어두워"(「음계와 계단」)지는 것이다.

> 무언가 짧게 타는 소리 같기도 하고
> 웃음소리 같기도 하고 박수소리 같기도 한
> 그 소리들은 무슨 냄새처럼 나를 숲으로 불러들인다
> 그러나 어둠으로 꽉 찬 가을숲에서
> 밤새 제 열매를 던지고 있는 그의 얼굴을
> 끝내 보지 않아도 좋으리
> 그가 던진 둥근 말 몇개가
> 걸어가던 내 복숭아뼈쯤에…… 탁…… 굴러와 박혔으니
>
> ──「저 숲에 누가 있다」부분

숲이 내지르는 '소리'들을 "그가 던진 둥근 말 몇개"로 읽고 있는 희덕은 바로 그때 "검은 숲에서 이따금 들려오는 말소리,/나는 그제서야 알게도 된다"고 말하고 있다. 모든 사물의 움직임을 '소리'의 파문을 통해 파악하고 이

해하고 규정하는 이 청각 편향은 시집 도처에서 보인다. 아예 「소리들」이라는 제목을 달고 있는 작품에서는 구름/지붕/어느 모녀/흙/계곡물/송아지/마른 꽃대들이 내는 "소리들만 이야기하고" "아무도 말하지 않"을 정도이니까 말이다. 그 무수하게 일렁이는 '소리'들은 '고요함'을 달리 표현한 일종의 반어이겠지만, 그는 그것조차 "소리들로 하염없이 붐비는" 풍경으로 그리고 있다.

　이렇듯 희덕이 남다르게, 가만히, 우두커니, 오랫동안 듣고 있는 소리는 그밖에도 많이 있다.

　　오늘도 무슨 몰약처럼 밤비가 내려
　　시들어가는 몸을 씻어내리니
　　달게 와닿는 빗방울마다
　　너무 많은 소리들이 숨쉬고 있다
　　　　　　　　　　　──「몰약처럼 비는 내리고」 부분

　　小滿 지나면 들리는 소리
　　초록이 물비린내 풍기며 중얼거리는 소리
　　누가 내 발등을 덮어다오
　　이 부끄러운 발등을 좀 덮어다오
　　　　　　　　　　　　　　──「小滿」 부분

　　며칠 전부터 비닐봉지 속에서 무슨 소리 들린다
　　그 속에 누가 갇혀 있는가

검은 살을 찢고 나오려는 푸른 가시들

──「탱자」부분

언제나 나이보다 웃자란 듯한 모습을 보여 우리를 가끔 경이롭게 하곤 했던 희덕은 이처럼 누구보다 예민한 "울음의 감별사"(「이 복도에서는」)로서의 감각을 가졌다. 그에게는 늘 "눈발 날리는 소리를 그렇게 간절히도 듣던 귀가 있었"(「눈은 그가 떠난 줄도 모르고」)던 것이다. 그가 봄의 생기를 "새로 햇빛을 받은 말들" "따뜻한 물 속에 녹기 시작한 말들" "아지랑이처럼/물 오른 말"(「이따금 봄이 찾아와」)로 파악하는 것은 그래서 하나도 어색하지 않다. 이처럼 민감한 감각이야 나로서는 부럽기 짝이 없는 것이지만, 역설적으로 그는 남이 못 가진 그 예민함 때문에 언제나 뒤척이고 출렁이고 있다.

4

따라서 이번 시집은 예의 그 '따뜻함'과 '단정함'을 기조로 한 "소리가 남긴 기억"(「축음기의 역사」)의 세계이다. 물론 그 '기억'의 내용은 고단한 삶이 가져다준 '상처'요 '통증'일 것이다. 그래서 그는 "소리를 기록할 수 있다고 믿게 된 때"를 "상처를 반복할 수 있다고 생각한 그 때"로 생각하고, 그 "소리가 태어난 침묵 속으로"(「축음기의 역사」)는 결코 돌아갈 수 없음을 안타까워하는 것이다.

나를 처음으로 뚫고 지나갔던 바늘 끝,
이 씨앗과 꽃잎과 물결과 구름은
그 통증을 지금도 기억하고 있다 기다리고 있다

헝겊의 이편과 저편, 건너가면
다시 돌아올 수 없는 언어들로 나를 완성해다오
오래 전 나를 수놓다가 사라진 이여
────「오래된 수틀」 부분

　그 '통증'의 구체적 내력이 시의 문면에 산문적으로 드러나는 것은 희덕에게는 좀체로 없는 일이다. 역설적으로 말해서, 그가 간직하고 있는 '통증'의 기억이 결국 그의 오래된 기다림을 완성하고 있을 뿐이다. 그가 암시적으로 말하고 있는 "환한 상처"(「上弦」)는 그래서 그 '상처'가 극복된 밝은 상태가 아니라, '상처'와 '통증' 자체가 고스란히 자신의 육체 안에서 빛을 내고 있는 상태를 말하는 것이다.
　그 "오랜 허기"(「허락된 과식」)는 "그 여러 겹의 마음을 읽는 데 참 오래 걸렸습니다"(「그 복숭아나무 곁으로」)나 "그를 오래 보고 있으면/조금씩 피가 식고 눈은 밝아"(「한그루 의자」)진다는 말에서, 그리고 "이미 오랜 길을 걸어 저기 당도했을"(「흰 광목빛」) 부부를 이야기할 때나 창을 "오래오래 들여다"(「불 켜진 창」)볼 때에, "얼마나 오래 꿈을 꾼 것일까"(「돌베개의 꿈」)라고 말할 때나 "내 말이 네게로 흐르지 못한 지 오래 되었다"(「이따금 봄이 찾아와」)는 표현에 두루두루 걸쳐 있는 그의 일관된 시간 감각을 말해주고 있다.

그만큼 희덕은 시간의 단조로운 축적인 그 '오래됨'을 자연스럽게 삶의 이치에 이르는 방법으로 받아들이고 있고, 그 오래된 시간 속에서 '통증'과 '상처'가 곰삭은 채로 빛나고 있는 것이 바로 그의 시이다. 이처럼 '통증'과 '상처'는 그에게 극복과 치유의 대상이 아니라 숙명적으로 동서(同棲)할 수밖에 없는 생애의 식솔들이다.

5

내가 아는 희덕은 그만큼 감성적일 때보다는 논리적일 때, 그리고 자기 표현적일 때보다는 자기 반성적일 때 더욱 투명하고 깊은 사람이다. 뜯어보면 놀랄 만한 논리적 구성으로 짜여진 형식과 작품마다 적절하게 배치되고 있는 반성적 거리가 그의 시적 국량(局量)을 구체적으로 길어내는 숨은 힘이다. 그래서 외부를 향한 절규나 질타보다는 스스로를 향한 반성적 거리를 시 속에 둘 때, 실은 가장 나희덕다운 세계가 펼쳐지는 것이다.

그 논리적이고 반성적인 감각은, 모순율에 빠져 있는 양가적 가치에 대한 아슬아슬한 균형을 그의 시에 부여한다. 어느 한편에 일방적으로 귀속되지 못하고 그 '사이'를

우두커니 하염없이 오래도록 거니는 균형에 대한 의지가
그의 시를 모나지 않게 하고, 비교적 인생론적 답안에 가
깝게 하고, 몇몇 이들에게 단조로움을 주기도 하고, 저항
하기 어려운 흡인력과 호소력을 주기도 한다.

> 허나 당신, 성문 밖으로 혼자 걸어나오며
> 단 한번만 회화나무 쪽을 천천히 바라보십시오
> 그 부러진 나뭇가지를 한번도 떠난 일 없는 어둠을요
> 그늘과 형틀이 이리도 멀고 가까운데
> 당신께 제가 드릴 것은 그 어둠뿐이라는 것을요
> 언젠가 해미읍성에 가시거든
> 회화나무와 느티나무 사이를 걸어보실 일입니다
> ──「해미읍성에 가시거든」 부분

역시 "해질 무렵"에 도착한──이는 "해 저문 겨울날/
너무 늦게 그에게 놀러간다"(「너무 늦게 그에게 놀러간다」)
와도 관련된다──해미읍성에서 그가 바라보는 것은 일차
적으로 회화나무의 그늘진 운명이다. 형틀로 쓰이곤 했던
그 나무에서 시인이 "수천의 비명이 크고 작은 옹이로
박"힌 흔적을 읽는 것은 이미 익숙한 것이다. 그러나 훤
칠한 느티나무의 그늘 아래서 "단 한번만" 회화나무 쪽으
로 걸어가서 그 회화나무의 상처와 어둠을 바라보고, 회
화나무와 느티나무의 '사이'를 걸어가보라는 권고는 "흰
꽃과 분홍꽃 사이에 수천의 빛깔이 있"(「그 복숭아나무 곁

으로」)는 것처럼 무수한 생의 가능성을 놓치지 않으려는 그의 남다른 균형감각을 보여주기에 족하다.

시쳇말로 외우(畏友)라는 표현이 있거니와, 나는 희덕이 줄곧 우리에게 보이는 그 철저한 균형 의지와 반성적 거리가 늘 부럽고 두렵다〔畏〕. '햇살'을 노래하면서도 '그늘'을 결코 잊는 법이 없는 그는 언제나 그렇듯, 시와 삶이 틈새가 벌어지지 않은 단단한 하나의 껍질을 두르고 있다. 에덴보육원의 조숙했던 한 여자아이가 이제는 늙수그레한 표정과 어법을 지닌 시인이 되기까지, 그 '햇살'과 '그늘' 사이의 균형은 그를 어느 것에도 치우치지 않게 하는 정신적 기율이었을 것이다.

그는 머뭇대며 이렇게 말한 바 있다.

"내 속에 타자들이 있다"고 말하는 주체보다는 내 속의 타자들로 하여금 스스로 말하도록 했어야 하지 않을까. 내 시에 대해 지나치게 단정하고 규범적인 틀을 가지고 있다고 하는 지적은 이런 점과 무관하지 않을 것이다. (…) 자기가 말하고자 하는 내용 사이로 타자의 목소리가 끊임없이 끼여드는 혼합과 교체의 언어가 여성적 언어라고 한다면, 내 시는 대체로 단일한 서정적 자아의 목소리가 비교적 정연하게 드러나는 편이었다.

그가 걱정하는 것처럼 "단일한 서정적 자아"의 고전적 감각과 어법은 이번 시집에서도 지속적으로 관철되고 있다. 그러나 앞으로 희덕의 시는 바로 '단일한 서정적 자아'에 대한 결별 의지와 그에 대한 운명적 귀속성 사이에서 깊이 갈등하며 펼쳐질 것이다.

6

나는 이 글의 허두에서 시를 "불충족한 소리의 옷"으로 노래한 어느 시인의 표현을 환기했거니와, 희덕은 자신의 "불충족한 소리의 옷"으로도 이만한 옷장을 마련했다. 거기서 그는 자신의 고통스런 분신들을 낳고 기른다. "울음"과 "완강한 침묵"으로 양육한 그 식구들을!

> 때로는 부서진 나비 날개나 모기 다리를
> 건져 올리며 까맣게 늙어가는 동안
> 울음도 함께 늙어 말수가 줄어드는 것일까
> 나는 내 울음이 누구에게도 들리지 않게 되었다는 걸
> 안다
>
> ──「거미에 씌다」부분

> 숲은 얼마나 오래 웅웅거리는 벌떼들을 키워온 것일까
> 아주 먼 데서 온 바람이 숲을 건드리자
> 숨죽이고 있던 모래알갱이들까지 우우 일어나 몰려다닌다
> 저기 거북의 등처럼 낮게 엎드린 잿빛 바위,

그 완강한 침묵조차 남겨두지 않겠다는 듯 숲은 출렁
거린다

──「해일」 부분

"울음마다에는 병아리 깃털 같은 결이 있어서"(「이 복도
에서는」) 그는 그 울음을 미세하게 읽어내고 감별하고 수
용한다. 그 같은 감별의 비밀은, 두 말할 것 없이 재능이
아니라 모든 사물을 향해 열려 있는 그의 감각과 사랑에
있다. 그는 스스로 "소멸해가는 존재들에 대한 경사"라고
할 정도로, 시들고 이울고 지고 사라지는 소멸 지향의 동
사군(群)을 우리에게 구경시킨다. 그가 어떤 꽃에서 "모
든 소용이 다한 뒤에 찾아오는 하나의 절정을 보"(『반통의
물』24면)는 것 또한 마찬가지다. 그 절정의 황홀한 순간
을 그는 "神도 이렇게 들키는 때"(「上弦」) 혹은 "내가 /하
늘의 한 페이지를 훔쳤다는 걸"(「일곱 살 때의 독서」)이라
고 표현하고 있다.

이제 희덕은 자신의 시 안에서 엷게 퍼지고 있는 피로
와 고단함을 굳이 숨기지 않는다. 삶을 향한 그 안간힘,
머뭇거림, 우두커니 서 있음 등이 그의 시가 탄생하는 실
질적인 자궁이다. 그래서 그의 시는 신비주의에 기울지
않으면서도 충분히 비의적(秘意的)이고, 자책이나 자조
의 음향을 띠지 않으면서도 충분히 성찰적인 것이다.

7

희덕은 이 시집에 실린 시를 쓰는 동안 한시도 삶의 무거운 짐을 부려놓은 적이 없다. 내가 아는 한, 그는 삶에 허덕였고, 뒤늦게 뛰어든 만학에도 새로 시작한 대학 강의에도 늘 쫓겼으며, 생활의 깊은 주름 속에서도 새로운 시의 지평을 열기 위해 누구보다도 바쁘고 숨가쁘게 살았다. 그 엄청난 삶의 무게에도 휘어진 등이나 그늘진 얼굴을 그는 내게 비친 적이 없다. 정말 희한한 일이다. 그게 억지가 아니라 그저 자연스럽게 된다는 것이.

그러나 시까지 에돌아가지는 못하나보다. 밖으로 발설하기 어려운 그 힘겨움의 '소리'들이 시집 곳곳에 담겨 있으니까 말이다(「지푸라기 허공」「月蝕」「사과밭을 지나며」「도끼를 위한 달」「이 복도에서는」).

나는 이번 시집을 읽으면서, 어느 작품을 인용해도 좋을 것 같은, 그의 시편이 가지는 놀랄 만한 균질성을 다시 확인하였다. 그러나 소재와 전언은 매우 다채롭다. 내가 읽은 것은 다만 '소리'를 중심으로 시집을 일괄한 데 불과하다. 희덕은 나의 왜소한 '언어'가 채 드러내지 못한 '소리'를 듣고 있을 것이다.

이 시대의 새로운 신(神)인 '자본'과 맞서는, 또는 그것과는 전혀 다른 삶의 방식을 보여줄 수 있는 마지막 보루가 '시'라고 그나 나나 생각하고 있다. 그가 시인으로서, 판관이나 선지자로서보다는 사라지는 것들을 깨어서 지키고 보살피는 파수꾼이나 불침번에 가까워 보이는 까닭

115

도 거기에 있을 것이다. 그 길은 분명 많은 시간을 견디고
기다려야 하는 방법이다. 그 고단함과 기다림으로, 상처
와 통증으로 희덕은 앞으로도 오래 뒤척이고 출렁거릴 것
이다. 그 뒤척임과 출렁거림이 누구와도 닮지 않은 그만
의 시인으로서의 존재론적 표지이니까.

　할 수만 있다면 나는, 그가 세상이 내지르는 깊은 '소
리'들을 오랫동안 듣고 노래하는 모습을 오래도록 지켜보
고 싶다. 나의 외우여, 그럴 수 있지 않겠는가.

시인의 말

　오래 전 숲속에서 길짐승과 날짐승이 싸우는 모습을 본 적이 있다. 족제비와 꿩. 누가 먼저 싸움을 청했는지는 알 수 없으나 부리와 발톱은 하나로 뒤엉켜 먼지 속에 뒹굴었다. 꿩은 이미 날갯죽지를 다쳐 멀리 날아갈 수 없었고, 족제비의 목에서는 피가 흘렀다.

　그 날의 숲은 이제 고요하다. 너무나 고요하다. 그러나 내 속에서는 아직도 부리와 발톱이 서로를 겨누고 있다. 새와 짐승, 빛과 어둠, 대지와 바다, 젊음과 늙음, 가벼움과 무거움, 그 문턱에서 끝없이 뒤척이는 동안 두 세계는 피 흐르는 상처 속에 고스란히 함께 있었다. 피의 맛을 본 자는 더이상 빛나는 물과 뜨거운 꿀을 먹고 살아가지 못할 것이라는 끌로델의 말처럼, 언제부턴가 내 눈은 빛보다는 어둠에 더 익숙해졌다.

　그런데 어둠도 시에 들어오면 어둠만은 아닌 게 되는지, 때로 눈부시고 때로 감미롭기도 했다. 그런 암전(暗電)에 대한 갈망이 이 저물녘의 시들을 낳았다. 어두워진다는 것, 그것은 스스로의 삶을 밝히려는 내 나름의 방식이자 안간힘이었던 셈이다.

　　　　　　　　　　　　　　2001년 4월 나희덕

창비시선 205

어두워진다는 것

초판 1쇄 발행 / 2001년 4월 15일
초판 33쇄 발행 / 2026년 3월 27일

지은이 / 나희덕
펴낸이 / 염종선
편집 / 고형렬 염종선 박신규
펴낸곳 / (주)창비
등록 / 1986년 8월 5일 제85호
주소 / 10881 경기도 파주시 회동길 184
전화 / 031-955-3333
팩시밀리 / 영업 031-955-3399 편집 031-955-3400
홈페이지 / www.changbi.com
전자우편 / lit@changbi.com